de:

_____

paRa:

_____

fecHa:

_____

¿Dónde se fue Mi RiSa?

MAX LUCADO

ilustraciones de sarah jennings

GRUPO NELSON
Desde 1798

¿Dónde se fue mi risa?

© 2021 por Grupo Nelson®

Publicado en Nashville, Tennessee, Estados Unidos de América.

Grupo Nelson es una marca registrada de Thomas Nelson.

www.gruponelson.com

Título en inglés: *Where'd My Giggle Go?*

© 2021 por Max Lucado

Publicado por Tommy Nelson, un sello de Thomas Nelson.

Thomas Nelson es una marca registrada de HarperCollins Christian Publishing, Inc.

Este título también está disponible en formato electrónico.

Editora en Jefe: *Graciela Lelli*

Traducción: *Gabriela De Francesco*

Adaptación del diseño al español: *Mauricio Diaz*

ISBN: 978-1-40022-969-7

ebook: 978-1-40022-971-0

Impreso en Corea

21 22 23 24 25 26 IMG 9 8 7 6 5 4 3 2 1

Para nuestra preciosa nieta,
Rose Margaret Bishop

Que nunca pierdas tu risa

Me levanté esta mañana con el ceño fruncido.
Busqué mi risa por todos lados, pero se había escondido.

Busqué por todos lados con mucha prisa. Pero no pude

encontrarla...
¿dónde se fue mi risa?

Corrí al circo, y le dije a un payaso:
«¡No puedo encontrar mi risa, no hay caso!».

«Sigue buscando», me contestó, «Ya la vas a encontrar».
Pero mi risa seguía escondida... y no sabía dónde más buscar.

Le dije a mi abuelo:
«No encuentro mi risa,
¿acaso la viste?».
La extrañaba mucho
y no quería estar más triste.

Pero él no había visto mi risa.

Había desaparecido.
No pudimos encontrarla.
¿Dónde se habría ido?

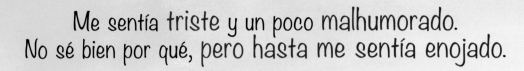

Me sentía triste y un poco malhumorado.
No sé bien por qué, pero hasta me sentía enojado.

Era uno de los peores días que había tenido.
No había diversión sin mi risa. ¿Dónde se habría ido?

Busqué debajo y
detrás de la valla.

Mi risa no estaba,
y ya tenía ganas de tirar la toalla.

Sin aplausos ni sonrisas,

quería darme por vencido.
¿Qué más hacer? Mi risa,
¿dónde se habría ido?

Me fijé bajo el sombrero del panadero, para ver si la encontraba.
Metí la cabeza en el tarro del glaseado, pero ahí tampoco estaba.

Busqué entre las galletas y hasta en la masa me puse a mirar.
Pero mi risa seguía escondida... ¿dónde más podría estar?

¿Estaría en mi bolsillo o tal vez en mi zapato?
¿Quizás detrás de mi oreja? Necesitaba algún otro dato.

Fui al espejo y de arriba abajo me puse a buscar.
Mi risa tampoco estaba ahí... ¿dónde más podría estar?

Sin risa no hay diversión, no señor.
Sin risa, a la vida le falta *color*.

Entonces, para encontrar mi risa, tomé una decisión.

De repente,
a la cabeza me vino
la solución.

Empecé con mi hermano, que acababa de perder su gato.
Me puse a ayudarlo y lo encontramos de inmediato.

Una niña tenía un frisbi pero nadie con quien jugar.
«Arrójamelo a mí», le dije,
«¡Yo lo puedo atrapar!».

Ayudé a mamá a lavar los platos
y le hice cosquillas a mi perrita.
Entonces, ¡oh, sorpresa! Casi, casi
se me escapa una risita.

Me puse la mano en la boca y
acomodé mis expresiones.
Y para bailar un poquito, pensé
en algunas lindas canciones.

Saludé a un pajarito y con una pelota me puse a jugar.

Empecé a recordar mi risa. ¿Dónde podría estar?

Se había ido lejos y no la encontraba.
Le pedí que volviera a jugar porque la extrañaba.
De repente, sentí que algo se contoneaba.

Y en
lo profundo

de mi ser,

una risa

se formaba.

Empecé a reírme más y más...
hasta reírme por la nariz.

Me reí a carcajadas. ¡Es lo que
pasa cuando estás muy feliz!

No podía parar de reír...
¡hasta me sacudía!

Una vez que empiezas, cuesta parar,
o eso parecería.

Volví por la calle dando saltitos de alegría.
¡Qué lindo era sentirse *bien*! ¡Qué felicidad tenía!

Toqué el tambor y el violín me puse a tocar
¡Qué lindo día para reír y dejarse llevar!

Si tu risa se va no dejes de buscarla.
Nunca es demasiado tarde para recuperarla.
Ayuda a los demás a ser felices y, poco a poco,
volverá tu risa.
¡Ya verás que no me equivoco!